W0249996

KONTAKTGRILL REZEPTE XXL

Das große Kontaktgrill Kochbuch für Grillliebhaber inkl. Sandwiches, Fleisch, Fisch, Desserts und vieles mehr

BIRGIT REUS

ISBN - 9798679894266

INHALTSVERZEICHNIS

EINLEITUNG

Mit einem Kontaktgrill kannst du wirklich fast alles zubereiten. Dir gelingen Gerichte mit Fleisch, Geflügel und Fisch sowie Gemüse. Dazu kannst du Paninis und Sandwichses und sogar Waffeln und Kuchen zubereiten. Darum werden die Kontaktgrills auch gern als Alleskönner bezeichnet.

Die Grills erkennen automatisch, wie dick das Fleisch ist und wie lange sie es grillen müssen, damit es gar wird. Eine Leuchte zeigt dir an, ob es noch blutig, schon medium oder sogar bereits well done ist. Du musst also nur noch das, was du grillen möchtest, vorbereiten und danach auf den Grill legen. Der Rest geschieht dann automatisch.

Es gibt bereits eine Reihe von Rezepten für diese neuen Wundermaschinen und eine große Auswahl findest du hier. Das bietet dir eine Grundlage, um deine eigenen Zusammenstellungen zu finden. Grille zuerst das, was du hier siehst und dann fang an, damit zu experimentieren. Finde deinen eigenen Geschmack und lebe dich bei deinem Grillen so richtig aus.

DIE KONTAKTGRILLS

DIE KONTAKTGRILLS

Ein Kontaktgrill ermöglicht das Grillen daheim in den eigenen vier Wänden, auf dem Balkon oder im eigenen Garten. Er ist so einfach, dass damit ein Anfänger sofort umgehen kann und auch ein Experte wird damit seinen Spaß haben. Viele Funktionen laufen nun automatisch ab und erlauben es dir, mit geringem Aufwand große Ergebnisse zu erzielen.

Das tatsächlich Herausragende an einem Kontaktgrill ist, wie viele Möglichkeiten sich dabei ergeben, sprich, wie viele Arten von Speisen du damit zubereiten kannst. Das geht kinderleicht, denn der Grill selbst hilft dir dabei. Du erkennst an einer Leuchte, wie gar dein Essen ist und du kannst dann direkt und ohne große Fragen das Gewünschte erreichen.

Grundsätzlich lässt sich damit alles grillen, was sich sonst auch auf einem Holz-, Gas- bzw. Kohlegrill zurechtzaubern lässt. Dazu kommen Sandwiches, Waffeln und mehr. Dabei hast du eine Auswahl bei der Grilltemperatur, die bis 275 Grad Celsius gehen kann. Dabei besteht der Grill aus zwei Grillplatten, einer oberen du einer unteren. Unter den Platten befinden sich die elektrischen Heizstäbe. Diese steuern genau, welche Hitze abgegeben wird und das wiederum beruht darauf, welches Programm du gewählt hast.

Ein Kontaktgrill muss sich erst einmal aufheizen, bevor er richtig genutzt werden kann. Das geschieht, indem du das gewünschte Programm eingibst und dann auf „OK“ drückst. Sofort beginnt das Gerät, sich zu erwärmen. Sobald die Temperatur stimmt, wird ein Piepton abgegeben und du weißt, dass jetzt der Spaß beginnt. Gib nun einfach das, was du grillen möchtest, auf die untere Platte und schließ den Grill. Das Schließen löst dann den eigentlichen Grillvorgang aus. Nach einer Weile wird dir dann mit der Leuchte und mit Piepen signalisiert, welche Garstufe erreicht wurde und ob dein Essen für dich bereit ist.

Die einzelnen Modelle der Grills unterscheiden sich, doch die meisten bieten eine Reihe von Grundprogrammen, mit denen sich das typische Grillgut zubereiten lässt. Der Grill erkennt dabei selbst, wie dick das Grillgut ist und wird dann genau die richtige Zeit dafür auswählen. Die Grillplatten selbst sind beschichtet, so dass nichts haften bleibt und das erlaubt es dir, die meisten Lebensmittel ohne den Einsatz von Öl zu grillen.

Der Grill ist ein wenig nach vorn geneigt, damit Fett, dass aus der Nahrung austritt, nach vorn auslaufen kann. Dort befindet sich eine Auffangschale dafür. Das macht das Grillgut noch gesünder. Darüber hinaus ist es möglich, die Grillplatten und auch die Auffangschale herauszunehmen Das erleichtert das Reinigen erheblich.

Die Größe der Grills variiert, doch gewöhnlich bewegt sie sich im Bereich von 30x20 cm. Das ist ausreichend, um genügend Grillgut für 2 oder auch 3 Personen vorzubereiten. Es gibt aber auch Modelle, die ein wenig größer sind und dann bis zu 5 Personen gleichzeitig versorgen können.

Während des Grillens wird mit der Zeit eine Leuchte verschiedene Farben zeigen. Dabei bedeutet Gelb, dass das Grillgut noch immer blutig ist. Die Farbe Orange steht für die Stufe medium und Rot zeigt an, dass das Grillgut durch ist. Wann die Farben genau auftauchen, unterscheidet sich nach dem Programm und der Dicke des Fleisches.

Die Temperaturen lassen sich auch manuell einstellen. In diesem Fall steht die Farbe grün für bis zu 125 Grad. Bei gelb wird es dann bis zu 195 Grad heißt. Orange bringt die Hitze auf bis zu 235 Grad und rot zeigt an, dass es bis zu 275 Grad auf den Grillplatten wird. Die genauen Temperaturen unterscheiden sich aber auch hier von Modell zu Modell.

Beim Grillen wird normalerweise kein Öl gebraucht, doch einige Rezepte weisen darauf hin, die Grillplatten vorher damit zu bepinseln oder zu besprühen. Das ist vor allem bei Fischgerichten der Fall, wenn gewährleistet werden soll, dass das Grillgut nicht doch irgendwo kleben bleibt.

Übrigens, falls es dich interessiert, ist es auch möglich, Nahrungsmittel einfach nur aufzutauen. Auch dafür gibt es ein spezielles Programm, das dann den gesamten Prozess selbstständig regelt.

DIE PROGRAMME

DIE PROGRAMME

In einem Kontaktgrill gibt es eine Reihe von Programmen, die bestimmten Lebensmitteln bzw. Lebensmittelgruppen zugeordnet sind. Damit kann der Grill berechnen, wie lange er mit welcher Temperatur das Ganze grillen muss, um das richtige Ergebnis zu erzielen.

Nicht immer jedoch sind die voreingestellten Programme genau richtig. So kann bei bestimmten Produkten, zum Beispiel bei dünnem Bacon, nicht die Dicke des Grillgutes ermittelt werden. Daneben gibt es aber auch Mischungen, die sich nicht einfach einstellen lassen, aber auch dafür ist gesorgt. Die Antwort hier lautet: „Manueller Modus“.

Im manuellen Modus gibst du die gewünschten Temperaturen direkt ein. Das geht über die oben genannten Farben. Die genauen Temperaturen solltest du jedoch bei deinem Gerät in der Bedienungsanleitung überprüfen, denn diese können doch ein wenig abweichen.

Wann du mit dem manuellen Modus arbeiten musst, das kommt auf das Rezept und auf das Gerät an. In den meisten Fällen wirst du jedoch eine Anmerkung in dem Rezept selbst oder der Bedienungsanleitung dazu finden, wenn du auf diesen Modus zurückgreifen musst.

DEINEN GRILL REINIGEN

DEINEN GRILL REINIGEN

Einen Kontaktgrill zu reinigen, unterscheidet sich ein wenig von den anderen Grills, ist aber insgesamt nicht sehr schwer. Das liegt an der Beschichtung, den Platten, die sich herausnehmen lassen, und der Auffangpfanne, die ebenfalls herausnehmbar ist. Mit ein paar kleinen Tipps kannst du dann sehr schnell und sehr einfach für die Reinheit deines Gerätes sorgen.

Die Reinigung

Wenn du den Grill reinigst, dann geschieht das logischerweise nach der Benutzung. Dann ist das Gerät aber noch warm bzw. heiß, daher solltest du ihm Zeit geben, sich abzukühlen. Iss also erst einmal in Ruhe, gönn dir danach ein wenig Entspannung und erst dann solltest du dich an das Reinigen machen.

Für das Reinigen selbst, solltest du die Heizplatten entriegeln und sie herausnehmen. Danach entfernst du auch die Auffangschale für den Saft. Das lässt sich dann einfach per Hand wieder säubern. Natürlich kann das auch die Spülmaschine für dich tun.

Während des Grillens kann es geschehen, dass Saft oder Teile des Essens an der Platte kleben bleiben. Diese hat zwar eine leichte Neigung, doch das ist keine Garantie, dass alle Verunreinigungen einfach so verschwinden.

Das Problem mit den Verunreinigungen ist, wenn du mehrere Durchgänge auf deinem Grill durchführst und sich dann diese an den Folgenden beteiligen. Daher solltest du in einem solchen Moment die Platte ein wenig abkühlen lassen und dann diese grob reinigen. Das geht mit einer Bürste oder mit etwas Küchenpapier. Sei jedoch sehr vorsichtig, denn das Gerät wird noch immer heiß sein. Danach solltest du den Grill erst wieder vorheizen, bevor du den nächsten Durchgang draufwirfst.

Wenn du nicht so lange warten möchtest, gibt es auch Silikonschaber. Diese erlauben es dir, die gröbsten Verunreinigungen sofort zu entfernen. Sie halten ohne Weiteres Temperaturen von bis zu 315 Grad stand, so dass sie keinen Schaden nehmen. Sie verfügen über kleine Borsten, die für eine gründliche Reinigung sorgen und zugleich die Oberfläche der Platten schützen. Wisch vor allem Fett der Einfachheit halber so ab, dass es direkt in die Auffangschale fließt. Danach kannst du diese abnehmen und das Fett in den Mülleimer kippen.

Die Handreinigung

Wenn du die Grillplatten und die Auffangschale abgenommen hast und per Hand reinigst, gibt es noch ein paar Dinge, auf die du achten solltest. Als erstes solltest du nur Tücher oder Schwämme verwenden, die nicht kratzen. So verhinderst du, dass die Beschichtung Schaden nimmt.

Wasche die Platten und die Auffangschale mit warmem Wasser und mit ein wenig Seife ab. Das sorgt fast schon von allein dafür, dass sich der Schmutz löst. Wenn du mit dem Abwaschen fertig bist, dann trockne beides mit einem Handtuch oder mit einem Küchentuch.

Nachdem du die Platten abgenommen hast, kannst du die Heizstäbe sehen. Diese darfst du nur trocken abwischen. Vermeide hier Seifen oder Feuchtigkeit. Der Deckel selbst wiederum lässt sich mit einem feuchten Schwamm ganz einfach abwischen. Danach wischst du ihn mit einem Tuch gleich wieder trocken.

Der Rest deines Grills sollte ebenfalls von Zeit zu Zeit mit einem feuchten Lappen oder Schwamm abgewischt und gleich danach getrocknet werden. Gib das Gerät nie ins Wasser und wasche es auch nicht unter dem Wasserhahn ab.

Wenn du dir die Arbeit leichter machen möchtest, solltest du direkt nach dem Grillen den groben Schmutz, wie hier beschrieben, kurz mit einer Bürste oder einem Küchentuch entfernen. Dann trocknet nichts an, was sich später nur schwer reinigen lässt. Wisch dabei alles einfach in die Auffangschale. Falte das Küchenpapier dafür mehrmals, damit du dich nicht verbrennst, und halte den Deckel des Gerätes dabei am Griff fest.

Ganz hartnäckige Verunreinigungen lassen sich manchmal nicht in den Rillen vermeiden. Diesen ist nicht immer so leicht beizukommen, doch es gibt hier ein nettes Hausmittel. Nimm dir Wattestäbchen zur Hand, feuchte diese mit etwas Wasser, das Seife enthält, an, und dann bekommst du auch den widerstandsfähigsten Schmutz entfernt. Das Ganze geht noch leichter, wenn du die Platten ohnehin gerade gewaschen hast. Dann ist der Schmutz schon ein wenig aufgeweicht.

KLEINE FEHLER UND PANNEN BEHEBEN

KLEINE FEHLER UND PANNEN BEHEBEN

Die Kontaktgrills können mit ihren eingebauten Programmen manchmal ein wenig eigensinnig erscheinen, dabei arbeiten sie jedoch wahrscheinlich wie vorgesehen. Damit du nicht davon überrascht wirst, findest du hier ein paar Anfängerfehler, dann kannst du diese für dich selbst ganz einfach vermeiden.

Wenn sich dein Grill einfach ausschaltet

Die Kontaktgrills kommen mit einigen Schutzfunktionen. Diese können dann bewirken, dass sich das Gerät überraschend ausschaltet. Das kann während des Aufheizens oder des eigentlichen Grillens geschehen. Die Ursachen sind dann meist, dass der Deckel zu lange offen war oder das Gerät zu lange im Warmhaltebetrieb lief. Dann schaltet es sich einfach zur Sicherheit ab, denn es steht zu vermuten, dass das Gerät einfach nur vergessen wurde.

In einem solchen Fall hilft es, den Grill zurückzusetzen. Zieh dafür den Stecker heraus und warte 3 oder vier Minuten. Steck ihn wieder ein und dann sollte das Problem behoben sein. Halte das Gerät in Zukunft nicht so lange offen, dann wird das nicht wieder auftreten.

Der Grill qualmt beim Aufheizen

Ja, das kann geschehen. Dann befinden sich wahrscheinlich noch Essensreste auf den Platten, die nun verkohlen. Schalte das Gerät aus, lass es abkühlen und reinige es ordentlich. Achte darauf, dass keine Rückstände mehr vorhanden sind.

Das Gerät grillt nicht

Das Gerät hat sich wunderbar aufgewärmt, doch es will mit dem eigentlichen Grillen nicht beginnen. Das kann zwei Ursachen haben und beide hängen mit dem Grillgut zusammen. Wenn dieses dicker als 4 cm ist, kann es nicht erkannt werden. Das gleiche gilt, wenn es sehr dünn ist. In diesem Fall kannst du einfach die Taste „OK" drücken oder in den manuellen Modus wechseln.

Das Grillgut gewinnt keine Bräune

Es kann geschehen, dass beim Grillen das Fleisch einfach nicht so braun wird, wie du das gerne hättest. Das kann daran liegen, dass das falsche Programm eingestellt wurde oder aber der austretende Saft nicht abfließen kann. Schau nach, ob das Programm auch tatsächlich für das Grillgut passt und ob der Grill auf einer ebenen Unterlage steht. Nur dann ist er entsprechend vorgeneigt, dass der Saft abfließen kann. Es hilft auch mitunter, die Grillplatten für manches Grillgut zuerst mit etwas Öl einzupinseln bzw. einzusprühen. Das wird jedoch gewöhnlich im Rezept vermerkt.

Das Gerät piept und das Licht blinkt nur noch weiß

In diesem Fall hat sich das Gerät selbst abgeschaltet. Es befand sich in einer zu kalten Umgebung und hat sich nicht genügend aufgewärmt. Zieh den Netzstecker heraus. Warte für bis zu 5 Minuten und steck ihn wieder ein. Danach startest du das Aufwärmprogramm von neuem.

REZEPTE RUND UM FLEISCH

DIE KLASSISCHE GEGRILLTE BRATWURST

Zeit: 10 Minuten
Portionen: 1

ZUTATEN:

- Bratwurst 1

ZUBEREITUNG:

1. Schalte den Grill ein und wähle das Programm „Wurst" und drück auf „OK".
2. Gib dem Grill einen Moment Zeit, sich aufzuwärmen. Wenn er soweit ist, wird er piepen.
3. Nimm derweil die Bratwurst zur Hand und schneide sie einige Male ein.
4. Leg die Wurst auf den Grill und schließ den Deckel.
5. Lass die Bratwurst grillen, bis das rote Licht aufflammt und ein dreifaches Piepen zu hören ist.

GEGRILLTE BURGER PATTIES

Zeit: 7 Minuten
Portionen: 1

ZUTATEN:

- Hackfleisch 250g
- Pfeffer
- Salz

ZUBEREITUNG:

1. Schalte den Grill ein und wähle das „Burger“ Programm aus.
2. Nimm das Hackfleisch und würze es mit Pfeffer und Salz.
3. Teile es in zwei ungefähr gleich große Teile.
4. Forme daraus zwei Patties.
5. Lage beide Patties auf den Grill und brate sie, bis sie den gewünschten Zustand erreicht haben.

GEGRILLTE CHICKEN NUGGETS

Zeit: 12 Minuten
Portionen: 1

ZUTATEN:

- Chicken Nuggets 12

ZUBEREITUNG:

1. Stell den Grill auf „Geflügel“.
2. Warte, bis er aufgewärmt ist und einmal piept.
3. Gib die tiefgefrorenen Nuggets auf die Grillplatte und schließ den Deckel.
4. Grill die Nuggets, bis die Lampe rot aufleuchtet und der Grill ein paar Mal piept.

PUTENBRUSTSCHNITZEL MIT CURRY

Zeit: 10 Minuten
Portionen: 1

ZUTATEN:

- Currypulver 1 TL
- Pfeffer
- Putenschnitzel 200 g
- Salz

ZUBEREITUNG:

1. Schalte den Grill ein und wähle „Geflügel“ aus.
2. Warte, bis sich der Grill aufgeheizt hat.
3. Wasche derweil die Schnitzel und tupfe sie trocken.
4. Würze das Fleisch mit Salz und Pfeffer.
5. Streu das Currypulver darüber.
6. Massiere das Ganze vorsichtig in das Fleisch.
7. Wenn der Grill soweit ist, piept er.
8. Gib das Fleisch auf den Grill und schließ den Deckel.
9. Sobald das Licht orange aufleuchtet, kannst du das Fleisch herunternehmen, wenn du es zart magst. Wenn du es gut durch möchtest, dann warte, bis die Lampe rot aufleuchtet.

DATTELN MIT SPECK

Zeit: 10 Minuten
Portionen: 1

ZUTATEN:

- Datteln 16
- Speck 8 Scheiben

ZUBEREITUNG:

1. Schalte den Grill ein und wähle das Programm für Schwein, Wurst oder Lamm
2. Gib dem Grill Zeit, sich vorzuheizen.
3. Halbiere die Scheiben mit einem Messer.
4. Wickel eine Dattel in eine halbe Speckscheibe und fixiere sie mit einem Holzspieß.
5. Wiederhole das Ganze für die anderen Datteln.
6. Leg die Spieße auf den Grill.
7. Schließ den Deckel und grill das Ganze für 5 Minuten. Achte dabei nicht auf das Lämpchen.
8. Nimm die Datteln heraus, wenn der Speck knusprig ist und Grillsteifen aufweist.

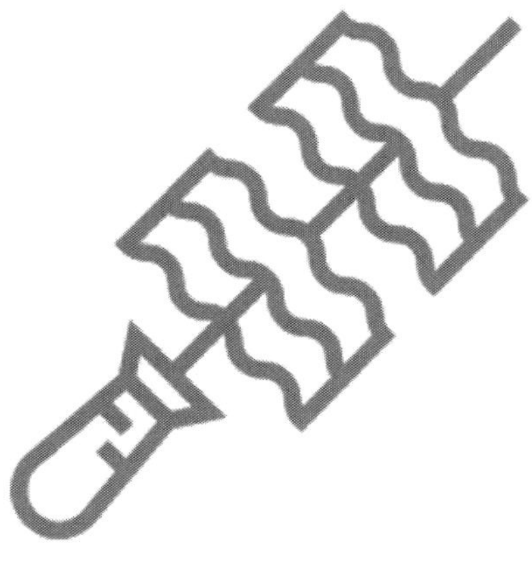

GEGRILLTES ENTENBRUSTFILET

Zeit: 15 Minuten
Portionen: 1

ZUTATEN:

- Entenbrustfilet 200 g
- Pfeffer
- Salz

ZUBEREITUNG:

1. Schalte den Grill ein und wähle das „Steak“ Programm aus und lass ihn sich aufheizen.
2. Wasch in der Zeit das Filet und tupfe es trocken. Schneide die Hautseite ein wenig rautenförmig ein.
3. Gib Pfeffer und Salz auf die Fleischseite. Drücke die Gewürze leicht an.
4. Gib das Fleisch auf den Grill und schließe den Deckel.
5. Grill das Ganze, bis das orange Licht aufleuchtet.
6. Nimm das Fleisch vom Grill und lass es für 2 Minuten abkühlen.

FLEISCHKEKSE

Zeit: 7 Minuten
Portionen: 1

ZUTATEN:

- Fleischkäse 3 Scheiben

ZUBEREITUNG:

1. Leg die Fleischkäsescheiben auf einen Teller und nimm dir Keksformen zur Hand.
2. Stech damit die Formen aus, die du magst.
3. Schalte den Grill ein und wähle das Programm „Wurst“ aus.
4. Lass den Grill sich aufheizen.
5. Leg das Fleisch auf die Platte und schließ den Deckel.
6. Je nach Vorliebe kannst du die Kekse grillen, bis das Licht orange oder rot aufleuchtet.

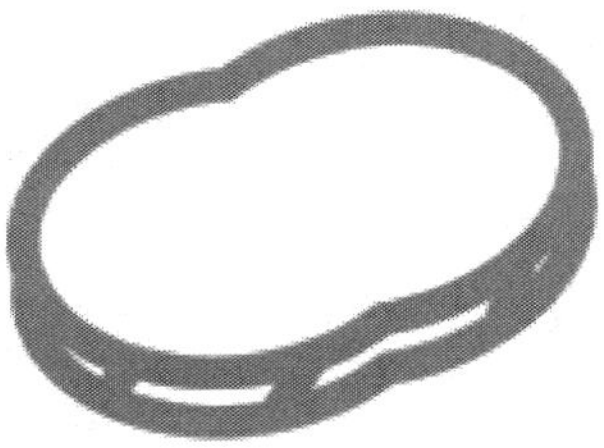

FRIKADELLEN

Zeit: 30 Minuten
Portionen: 6 Frikadellen

ZUTATEN:

- Brötchen 1
- Eier 1
- Milch 150 ml
- Petersilie 3 Zweige
- Pfeffer
- Rinderhack 500 g
- Salz
- Senf 2 TL
- Tomatenmark 1 TL
- Zwiebel 1

ZUBEREITUNG:

1. Schneide das Brötchen auf.
2. Gib es in einen hohen Teller und gib die Milch dazu. Lass das Ganze etwas ziehen.
3. Wände die Brötchenhälften nach rund 5 Minuten.
4. Hacke die Petersilie und die Zwiebel klein.
5. Gib alle anderen Zutaten in eine Schüssel.
6. Drück das Brötchen über den Teller aus und gib es dazu.
7. Vermenge das Ganze gut mit der Hand.
8. Forme daraus 6 gleich große Frikadellen.
9. Schalte den Grill ein und wähle das Programm für Burger.
10. Gib die Frikadellen auf die Grillplatte und schließ den Deckel.
11. Der Deckel wird die Frikadellen berühren und sie so in die richtige Form drücken.
12. Grill die Frikadellen, bis das Licht rot blinkt.

GEGRILLTES GESCHNETZELTES

Zeit: 10 Minuten
Portionen: 1

ZUTATEN:

- Currypulver ½ TL
- Hähnchengeschnetzeltes 400g
- Sojasauce 2 TL
- Sonnenblumenöl 2 EL

ZUBEREITUNG:

1. Verrühre alle Zutaten bis auf das Geschnetzelte zu einer Marinade.
2. Wasche das Geschnetzelte und entferne alle unappetitlichen Stücke.
3. Gib das Fleisch in die Marinade und wende die Stücke darin.
4. Leg die Schüssel mit der Marinade und dem Geschnetzelten für eine halbe Stunde in den Kühlschrank.
5. Schalte den Grill ein und wähle das Programm für Geflügel aus.
6. Warte, bis der Grill genügend vorgeheizt ist.
7. Sobald du das Piepen hörst, gibst du das Fleisch ganz schnell auf den Grill und verteilst es auf der Platte.
8. Grille das Ganze für rund 7 Minuten, bis das Licht orange aufleuchtet.

GEGRILLTE HÄHNCHENBRUST

Zeit: 15 Minuten
Portionen: 1

ZUTATEN:

- Hähnchenbrustfilet 1
- Pfeffer
- Salz

ZUBEREITUNG:

1. Wasch das Filet mit Wasser ab und tupfe es trocken.
2. Würze es von allen Seiten mit Pfeffer und Salz und massiere die Gewürze ein wenig ein.
3. Schalte den Grill ein und wähle „Geflügel“ aus.
4. Warte ein wenig, bis der Grill warm genug ist und dich davon mit einem Piepton unterrichtet.
5. Gib das Filet auf den Grill und klapp den Deckel zu.
6. Grill das Ganze, bis das Ganze den gewünschten Zustand erreicht hat. Warte jedoch mindestens bis zu dem Moment, wenn die Leuchte orange aufflammt.

GEGRILLTES HÄHNCHENBRUSTFILET MIT MARINADE

Zeit: 40 Minuten
Portionen: 1

ZUTATEN:

- Chilipulver 1 Prise
- Hähnchenbrustfilet 1
- Pfeffer ¼ TL
- Olivenöl 1 EL
- Rosmarin 1 TL
- Salz 2 Prisen

ZUBEREITUNG:

1. Gib alle Zutaten bis auf das Fleisch in einen tiefen Teller und vermische das Ganze.
2. Wasch und trockne das Filet.
3. Gib das Fleisch in die Marinade und wende es darin.
4. Stell den Teller mitsamt der Marinade und dem Fleisch in den Kühlschrank.
5. Lass alles für 30 Minuten ziehen.
6. Schalte den Grill ein und wähle das Programm für Geflügel aus.
7. Starte den Grill mit „OK“ und lass ihn sich aufheizen.
8. Leg das Filet mitsamt der Marinade auf den Grill und schließ den Deckel.
9. Lass das Fleisch solange grillen, bis es den gewünschten Zustand erreicht hat.
10. Nimm es jedoch nicht vor dem orangen Licht heraus.

EIN KLASSISCHER HAMBURGER

Zeit: 10 Minuten
Portion: 1

ZUTATEN:

- Burger-Brötchen 2
- Gewürzgurken 2
- Ketchup 2 TL
- Pfeffer
- Rinderhack 250 g
- Salz
- Senf 2 TL

ZUBEREITUNG:

1. Schalte den Grill ein und wähle das Programm für Burger aus.
2. Drück auf „OK“ und starte damit den Aufheizvorgang.
3. Würze das Rinderhack mit Salz und Pfeffer und unterteile es in zwei gleich große Teile.
4. Forme aus beiden Teilen die Patties.
5. Die Patties sollten auf jeden Fall die gleiche Dicke aufweisen, damit sie im Grill auch mit der gleichen Geschwindigkeit gar werden.
6. Leg die Patties auf den Grill und brate sie an, bis sie den gewünschten Zustand erreicht haben. Dafür kannst du auch auf das Lämpchen achten, dass erst orange und dann rot aufleuchtet und danach rot blinkt.
7. Schneide die Brötchen auf.
8. Nimm den Ketchup und bestreiche damit die oberen Hälften.
9. Nimm den Senf und bestreiche damit die unteren Hälften.
10. Schneide die Gurken in Streifen.
11. Gib die Patties auf die unteren Hälften.
12. Gib die Gurken auf die Patties.
13. Gib die oberen Hälften auf die Patties.
14. Leg die kompletten Burger für 2 Minuten auf die Grillplatte, so dass sie von der Restwärme erhitzt werden, und schon ist alles fertig.

CHEESEBURGER, KLASSISCH

Zeit: 10 Minuten
Portionen: 1

ZUTATEN:

- Burgerbrötchen 2
- Cheddar 2 Scheiben
- Gewürzgurken
- Ketchup
- Pfeffer
- Rinderhack 250 g
- Salat
- Salz
- Senf
- Tomaten

ZUBEREITUNG:

1. Schalte den Grill ein und wähle das Programm für Burger aus.
2. Warte, bis der Grill warm genug ist.
3. Würze derweil das Hack mit Pfeffer und Salz und forme daraus zwei Patties.
4. Gib die Patties auf den Grill und warte, bis sie den entsprechenden Zustand erreicht haben.
5. Kurz bevor die Patties den gewünschten Zustand erreicht haben, gib den Käse darauf.
6. Schneide die Burger auf.
7. Bestreiche die unteren Hälften mit Senf und die oberen Hälften mit Ketchup.
8. Wasch den Salat und schneide die Tomaten und Gurken in Scheiben.
9. Gib den Salat und die Tomaten auf die unteren Hälften.
10. Nimm die Patties mit dem Käse vom Grill und gib diese auf die Tomaten.
11. Gib die Gewürzgurken auf den Käse.
12. Leg die Oberseiten auf die Gurken.
13. Gib die ganzen Burger auf die noch warme Grillplatte.
14. Warte für 2 Minuten und serviere das Ganze.

KÖFTE-SPIESSE

Zeit: 20 Minuten
Portionen: 4 Spieße

ZUTATEN:

- Chiliflocken ¼ TL
- Knoblauch 1 Zehe
- Kreuzkümmel ¼ TL
- Paprikapulver ½ TL
- Petersilie 3 Zweige
- Pfeffer
- Rinderhack 250 g
- Salz
- Zwiebeln ½

ZUBEREITUNG:

1. Schäle die Zwiebel und hacke sie klein.
2. Hack den Knoblauch klein.
3. Wasch die Petersilie und hacke sie auch klein.
4. Gib alle Zutaten in eine Schüssel und vermenge sie gut.
5. Schalte den Grill ein und wähle das Programm für Burger aus.
6. Gib dem Grill Zeit, sich aufzuheizen.
7. Teil das Fleisch in mehrere Stücke mit gleicher Größe und forme daraus Fleischrollen.
8. Spieß die Rollend er Länge nach auf.
9. Sobald der Grill heiß genug ist, legst du die Spiele darauf und schließt du den Deckel. Drücke ihn dabei jedoch nicht an.
10. Grill das Fleisch, bis das Licht orange aufleuchtet.
11. Nimm die Spieße vom Grill und serviere sie noch heiß.

LAMMFILETS

Zutaten: 7 Minuten
Portionen: 1

ZUTATEN:

- Lammfilets 2
- Olivenöl 50 ml
- Petersilie
- Pfeffer
- Rosmarin
- Salz

ZUBEREITUNG:

1. Hack die Kräuter und vermische sie mit dem Öl.
2. Misch Pfeffer und Salz hinein.
3. Nimm dir einen Pinsel und die Filets und bepinsel sie mit der Marinade.
4. Lass diese für eine Stunde einwirken.
5. Schalte den Grill ein und wähle das Programm für Steaks aus.
6. Lass den Grill sich aufheizen.
7. Wenn der Grill heiß genug ist, gibst du das Filet auf die Platte und schließt den Deckel.
8. Grill das Fleisch, bis das Lämpchen orange blinkt. Du kannst es aber auch weitergrillen, bis das Licht rot wird.
9. Gib noch einmal Pfeffer und Salz über das Fleisch und serviere es.

GEGRILLTER FLEISCHKÄSE

Zeit: 5 Minuten
Portionen: 2 Scheiben

ZUTATEN:

- Fleischkäse 2 Scheiben

ZUBEREITUNG:

1. Schalte den Grill ein und wähle das Programm für Wurst aus.
2. Lass den Grill sich vorheizen.
3. Gib den Fleischkäse auf die Platte und schließe den Deckel.
4. Grill das Ganze, bis das Licht orange oder rot leuchtet, je nach Geschmack.

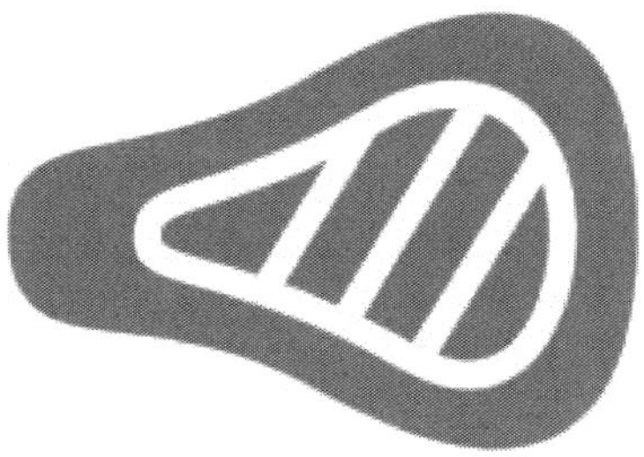

BERNER WÜRSTCHEN

Zeit: 15 Minuten
Portionen: 6

ZUTATEN:

- Berner Würstchen 6
- Käse 6 Scheiben
- Speck 6 Scheiben

ZUBEREITUNG:

1. Schalte den Grill ein und wähle das Programm für Würstchen aus.
2. Warte, bis der Grill genügend aufgeheizt ist und bereite derweil die Würstchen vor.
3. Wickel jedes Würstchen in eine Scheibe Käse.
4. Wickel danach jedes Würstchen in eine Scheibe Speck.
5. Gib die Würstchen auf die Platte, sobald der Grill heiß genug ist.
6. Schließ den Deckel.
7. Grill alles für 7 oder 8 Minuten. Achte dabei nicht auf die Leuchte des Grills.

BIFTEKI

Zeit: 30 Minuten
Portionen: 8 Frikadellen

ZUTATEN:

- Eier 2
- Feta 100 g
- Oregano 1 TL
- Paniermehl 2 EL
- Petersilie 20 g
- Pfeffer 1 TL
- Olivenöl 1 TL
- Rinderhack 500 g
- Salz 1 TL
- Zimt ½ TL
- Zitronensaft 1 Spritzer
- Zwiebel 1

ZUBEREITUNG:

1. Schneide die Zwiebeln klein und schwitze sie in einer Pfanne
2. Wasche die Petersilie und hacke sie.
3. Gib das Hackfleisch mit den Eiern, der Zwiebel, dem Paniermehl, dem Zitronensaft, Zimt, Oregano, Pfeffer und Salz in eine Schüssel und verknete alles ordentlich.
4. Forme aus der Masse 8 Bällchen, die ungefähr gleich groß sind.
5. Drücke in jedes Bällchen ein Loch.
6. Gib in jedes Loch ein wenig von dem Feta und verschließe es wieder.
7. Schalte den Grill ein und wähle das Programm für die Burger aus.
8. Lass den Grill sich aufheizen.
9. Gib vier Hackbällchen auf die Platte und grille sie, bis das Licht orange aufleuchtet.
10. Wiederhole das Ganze mit den anderen Hackbällchen.
11. Serviere das Ganze.

GEGRILLTER BACON

Zeit: 3 Minuten
Portion: 1 Portionen:

ZUTATEN:

- Speck 50 g

ZUBEREITUNG:

1. Schalte den Grill ein und wähle das Programm für Wurst aus.
2. Warte, bis der Grill genügend aufgeheizt ist.
3. Schneide den Speck in dünne Streifen.
4. Gib diese schnell auf den Grill, sobald der Piepton ertönt.
5. Schließ den Deckel und starte den Grillvorgang.
6. Grill das Ganze für 3 Minuten, bis der Speck braune Streifen bekommt.

RUMPSTEAK

Zeit: 5 Minuten
Portionen: 1

ZUTATEN:

- Rumpsteak 200 g
- Pfeffer
- Salz

ZUBEREITUNG:

1. Schalte den Grill ein und wähle das Programm für Steaks aus.
2. Warte ein wenig, so dass sich der Grill genügend aufheizen kann.
3. Gib danach das Steak auf die Platte und schließ den Deckel.
4. Grill das Fleisch, bis es den Zustand erreicht hat, den du dir wünschst.
5. Gib das Steak auf einen Teller und lass es dort für einen Moment ruhen, bevor du es servierst. Würze es noch einmal mit Salz und Pfeffer.

TORTILLA MIT BACON UND KÄSE

Zeit: 25 Minuten
Portionen: 2 Tortillas

ZUTATEN:

- Bacon 4 Scheiben
- Cheddarkäse 2 Scheiben
- Gewürzgurken 2
- Hackfleisch 250 g
- Ketchup
- Pfeffer
- Salz
- Senf
- Tortillas 2

ZUBEREITUNG:

1. Schalte den Grill ein und wähle das Programm für Burger aus.
2. Nimm das Hack und würze es derweil mit Pfeffer und Salz.
3. Teil es in zwei gleichgroße Teile.
4. Forme aus jedem Teil ein Patty.
5. Wenn der Grill heiß genug ist, gib die Patties auf die Platte.
6. Lass sie dort grillen, bis das Licht gelb aufleuchtet.
7. Schneide den Bacon in der Mitte durch, so dass die Streifen kürzer sind.
8. Sobald das gelbe Licht aufleuchtet, gib eine Scheibe Käse auf jedes Patty.
9. Gib den Bacon auf den Käse, bis dieser gut bedeckt ist.
10. Schließ den Deckel und grill weiter, bis das Licht orange aufleuchtet.
11. Nimm derweil die Gurken und schneide sie in Scheiben.
12. Streich den Senf auf die Tortillas und verteile die Gurken darüber.
13. Nimm die Patties mit dem Käse und dem Bacon vom Grill und lege sie auf die Tortillas.
14. Gib etwas Ketchup darüber.
15. Schlage die Tortillas auf den Seiten ein und falte sie über die Patties.
16. Schalte den Grill in den manuellen Modus.
17. Stell ihn auf Orange ein.
18. Gib die Wraps mit der Falte nach unten darauf.
19. Schließ den Deckel.
20. Grill das Ganze für 3 Minuten, bis sich Grillstreifen bilden.

ZWIEBELRINGE IM BACONMANTEL

Zeit: 35 Minuten
Portionen: 1

ZUTATEN:

- Bacon 2 Scheiben
- Barbecue Sauce 2 EL
- Petersilie
- Pfeffer
- Zwiebel, groß 1

ZUBEREITUNG:

1. Schäle die Zwiebel und entferne den Strunk.
2. Schneide die Zwiebel in Ringe, die ungefähr 1 cm dick sind.
3. Leg die inneren Ringe zur Seite, denn sie sind zu klein.
4. Streich BBQ Sauce auf eine Seite des Bacons.
5. Wickel die Scheiben um die Zwiebelringe.
6. Falls nötig, fixiere das Ganze mit Zahnstochern.
7. Schalte den Grill auf manuellen Modus und heize ihn auf 180 Grad vor.
8. Sobald der Grill heißt genug ist, verteilst du die Ringe auf der Platte.
9. Schließ den Deckel und starte den Grillvorgang.
10. Grill die Ringe für 10 Minuten.
11. Würze sie danach mit Pfeffer und bestreu sie danach mit Petersilie.

PUTENBURGER PATTIES

Zeit: 11 Minuten
Portionen: 1

ZUTATEN:

- Eigelb 1
- Geflügelgewürz 1 TL
- Paniermehl 2 EL
- Pfeffer 1 TL
- Putenhack 300 g
- Zwiebeln, gehackt 1

ZUBEREITUNG:

1. Schalte den Grill ein und wähle das Programm für Geflügel aus.
2. Gib dem Grill Zeit, sich vorzuheizen.
3. Vermische das Hack mit den gehackten Zwiebeln, dem Eigelb, den Gewürzen und dem Paniermehl.
4. Forme daraus zwei Patties, die die gleiche Dicke haben.
5. Sobald der Grill vorgeheizt ist, legst du die Patties auf die Platte.
6. Grill sie, bis das Licht rot aufleuchtet.

PUTENBURGER

Zeit: 25 Minuten
Portion: 1

ZUTATEN:

- Bürgerbrötchen 2
- Eigelb 1
- Geflügelgewürz 1 TL
- Paniermehl 2 EL
- Parmesan 20 g
- Pfeffer 1 TL
- Putenhack 300 g
- Remoulade 2 TL
- Rucola etwas
- Tomate 1
- Zwiebeln, gehackt 1

ZUBEREITUNG:

1. Schalte den Grill ein und wähle das Programm für Geflügel.
2. Vermenge das Hack mit den gehackten Zwiebeln, dem Paniermehl, dem Eigelb und den Gewürzen in einer Schüssel.
3. Halbiere die Masse und forme daraus zwei gleichgroße Patties.
4. Sobald der Grill vorgeheizt ist, legst du die Patties darauf.
5. Schließ den Deckel und grill die Patties, bis das Licht rot aufleuchtet.
6. Derweil kannst du den Salat und die Tomaten waschen.
7. Schneide die Tomaten und den Parmesan in Scheiben.
8. Schneide die Brötchen in Hälften.
9. Belege die unteren Hälften mit dem Rucola und den Tomaten.
10. Gib die Patties darauf und den Parmesan auf die Patties.
11. Bestreiche die oberen Hälften mit der Remoulade und leg sie obendrauf.

LASAGNE VOM GRILL

Zeit: 1 Stunde und 10 Minuten
Portionen: 1

ZUTATEN:

- Béchamelsauce 250 ml
- Lasagneplatten 150 g
- Karotte 1
- Knoblauch 1 Zehe
- Olivenöl 3 EL
- Oregano 1 TL
- Parmesan 50 g
- Pfeffer
- Rinderhack 250 g
- Salz
- Tomaten, aus der Dose 400 g
- Zwiebeln 1

ZUBEREITUNG:

1. Wasche die Karotten und schäle sie.
2. Schäle die Zwiebel und die Knoblauchzehe.
3. Schneide den Knoblauch, die Karotte und die Zwiebel in kleine Stücke.
4. Nimm dir einen Topf und gib das Öl hinein. Dünste darin die Zwiebel mit dem Knoblauch und der Karotte für einige Minuten an.
5. Gib das Hackfleisch dazu und brate es mit an.
6. Würze es ordentlich mit Pfeffer und Salz.
7. Gib den Oregano und die Tomaten dazu und lass alles für 15 Minuten auf mittlerer Stufe köcheln.
8. Nimm dir die Backschale zur Hand.
9. Gib ein Drittel der Soße in die Schale.
10. Gib Lasagneplatten darüber und die Béchamelsauce darauf. Wiederhole das Ganze, bis alle Soßen und Platten verbraucht sind.
11. Ganz oben verteilst du den Parmesan über das Ganze.
12. Setz die Schale in den Grill und stell ihn auf manuellen Modus. Gib Orange bei 220 Grad ein und starte mit dem Grillen.
13. Back die Lasagne für 30 Minuten.
14. Nach dem Backen teilst du die Lasagne mit einem Pfannenwender in Stücke und gibst diese auf einen Teller.

GEGRILLTE SALSICCIA

Zeit: 20 Minuten
Portion: 1

ZUTATEN:

- Salsiccia 300 g

ZUBEREITUNG:

1. Schalte den Grill ein und wähle das Programm für Wurst aus. Lass ihn sich vorheizen, bis er einen Piepton abgibt.
2. Leg die Würste auf die Platte und schließ den Deckel.
3. Grill alles, bis das Licht rot aufleuchtet.

15 REZEPTE RUND UM FISCH

GEGRILLTER LACHS

Zeit: 6 Minuten
Portionen: 1

ZUTATEN:

- Lachsfilet 200 g
- Olivenöl
- Pfeffer
- Salz

ZUBEREITUNG:

1. Pinsel die Platte und den Deckel des Grills mit Öl ein.
2. Schalte ihn ein und wähle das Programm für Fisch aus.
3. Drück auf „OK“ lass den Grill sich vorheizen.
4. Wasch das Filet und tupfe es trocken.
5. Schneide es zurecht, falls es zu groß ist.
6. Wenn der Grill piept, legst du das Filet auf die Platte.
7. Schließ den Deckel und Grill den Fisch für 2 Minuten.
8. Öffne den Deckel und salze das Filet von beiden Seiten.
9. Schließe den Deckel wieder und grill den Fisch für weitere 2 Minuten.
10. Wenn das Licht gelb aufleuchtet, nimmst du den Fisch heraus.

GEGRILLTER LACHS MIT MARINADE

Zeit: 18 Minuten
Portionen: 1

ZUTATEN:

- Lachsfilet 200 g
- Pfeffer
- Sojasauce 3 EL

ZUBEREITUNG:

1. Gib die Sojasauce in einen tiefen Teller. Gib etwas Pfeffer dazu.
2. Leg das Filet in die Soße und wende es darin.
3. Lass den Fisch für 5 Minuten in der Marinade ziehen.
4. Öffne den Grill und pinsel Öl auf die obere und untere Platte.
5. Schalte den Grill ein. Wähle das Programm für Fisch aus und starte das Aufheizen mit der „OK“-Taste.
6. Leg den Fisch auf die Platte.
7. Schließ den Deckel und grill das Filet für 2 Minuten.
8. Öffne den Deckel und pfeffere den Fisch von allen Seiten.
9. Schließ den Deckel erneut und grill den Fisch für weitere 2 Minuten.
10. Wenn das Licht gelb aufleuchtet, nimmst du das Filet heraus.

GRILLPLATTE MIT FISCH

Zeit: 20 Minuten
Portionen: 2

ZUTATEN:

- Fisch, klein 6
- Olivenöl
- Pfeffer
- Rosmarin
- Salz
- Thymian
- Zitronen 3

ZUBEREITUNG:

1. Nimm die Fische aus und entferne die Schuppen.
2. Fülle die Fische mit Kräutern.
3. Öffne den Grill und pinsel beide Platten mit Öl ein.
4. Schalte den Grill ein und wähle das Programm für Fische aus.
5. Heize den Grill vor.
6. Leg die Fische auf die untere Platte, wenn du den Piepton hörst. Du wirst dabei mehrere Durchgänge machen müssen, um alle Fische zu grillen.
7. Grill die Sie für 2 Minuten.
8. Öffne den Deckel und träufel etwas Zitronensaft über die Fische.
9. Grill sie für weitere 4 Minuten und öffne danach den Deckel erneut.
10. Gib etwas Salz und Pfeffer darüber.
11. Schließ den Deckel erneut und grill den Fisch für 3 Minuten, bis er fertig ist.
12. Nimm den Fisch heraus. Würze ihn mit Pfeffer und Salz.
13. Gib die Fische auf einen großen Teller und serviere sie.

GRILLMAKRELE ORIENTALISCH

Zeit: 40 Minuten
Portionen: 1

ZUTATEN:

- Fenchelsamen 2 EL
- Knoblauch 2 Zehen
- Kreuzkümmel 2 EL
- Limetten 4 Scheiben
- Lorbeer 2 Blätter
- Makrele 200 g
- Minze 8 Blätter
- Olivenöl 3 EL
- Pfeffer 1 EL
- Salz 3 EL

ZUBEREITUNG:

1. Entferne den Schanz und Kopf der Makrele.
2. Nimm die Backschale für den Grill.
3. Gib die Hälfte der Zutaten, aber nicht den Knoblauch, hinein.
4. Leg die Makrele darauf.
5. Bedeck sie mit den restlichen Zutaten.
6. Gib den Knoblauch hinter und vor die Makrele.
7. Setz die Schale in den Grill.
8. Schalte den Grill ein und wähle den manuellen Modus aus.
9. Schließ den Deckel und back den Fisch im Grill für 15 Minuten.
10. Wende die Makrele und backe sie für weitere 15 Minuten.
11. Die Garzeit kann je nach Dicke des Fisches ein wenig schwanken. Überprüfe also, ob der gewünschte Garzustand erreicht wurde, bevor du den Fisch herausnimmst.

GEGRILLTE FISCHSTÄBCHENSPIESSE

Zeit: 30 Minuten
Portionen: 10 Fischstäbchen

ZUTATEN:

- Fischstäbchen 10
- Gemüsezwiebeln 4
- Olivenöl
- Paprikaschoten 4
- Pfeffer
- Salz

ZUBEREITUNG:

1. Gib die Fischstäbchen am Abend zuvor in den Kühlschrank und lass sie ein wenig antauen.
2. Nimm die Fischstäbchen heraus und schneide sie in Hälften.
3. Schneide die Paprika in Würfel.
4. Schneide die Zwiebel in Stücke.
5. Nimm dir 6 Schaschlikspieße.
6. Spieß abwechselnd die Zwiebel, Paprika und die Fischstäbchen darauf.
7. Öffne den Grill.
8. Pinsel beide Platten mit Öl ein.
9. Wähle den Modus für Fisch aus und lass den Grill sich vorheizen.
10. Gib die Spieße hinein, wenn dein Grill piept.
11. Je nach Wunsch, grill das Ganze bis das Licht orange oder rot aufleuchtet.
12. Nimm die Spieße heraus und gib sie auf einen Teller. Gib noch etwas Salz und Pfeffer darüber und serviere sie.

GRILLFISCH MIT BUTTER

Zeit: 40 Minuten
Portionen: 1

ZUTATEN:

- Chilischote, rot ½ Stück
- Butter 180 g
- Fisch, ausgenommen 200 g
- Frühlingszwiebeln 4
- Knoblauch 3 Zehen
- Koriandergrün, gehackt 2 EL
- Kreuzkümmel 1 TL
- Paprikapulver 2 TL
- Pfeffer
- Salz
- Zitrone 1

ZUBEREITUNG:

1. Schneide die Zitrone in Scheiben.
2. Entkerne die Chilischote und hacke sie fein.
3. Vermische die Chilischote mit der Butter, dem Koriander, dem Kreuzkümmel und Knoblauch, dem Paprikapulver, sowie Pfeffer und Salz.
4. Spüle den Fisch ab und entferne die Schuppen.
5. Nimm die Backschale und leg den Fisch hinein.
6. Bestreiche ihn mit der Paste aus der Butter.
7. Gib die Zitronenscheiben in den Fisch.
8. Schneide die Frühlingszwiebeln klein und verteile sie darüber.
9. Gib die Schale in den Grill.
10. Schalte den Grill ein und aktivere das Programm für Fische.
11. Lass den Fisch für 10 bis 15 Minuten grillen.

GRILLFISCH MIT ZITRONENBUTTER

Zeit: 10 Minuten
Portionen: 1

ZUTATEN:

- Butter, zerlassen 1 TL
- Fischfilet 180 g
- Olivenöl
- Pfeffer
- Salz
- Zitronensaft ½ EL

ZUBEREITUNG:

1. Nimm das Fischfilet und würze es mit Pfeffer und Salz.
2. Gib den Zitronensaft und die Butter darüber.
3. Streiche die Platten des Grills mit dem Öl ein.
4. Aktiviere den Grill und stell das Programm für Fische ein.
5. Wenn der Grill piept, leg den Fisch auf die Platte.
6. Grill das Filet für 5 Minuten.
7. Öffne den Deckel, wende den Fisch und grill ihn für weitere 5 Minuten.

GEGRILLTE FISCHSPIESSE

Zeit: 15 Minuten
Portionen: 1

ZUTATEN:

- Knoblauch 1 Zehe
- Kräuter der Provence
- Olivenöl 8 EL
- Paprikaschote, rot 1
- Pfeffer
- Rotbarschfilet 200 g
- Salz
- Scampi 6
- Sojasauce 1 EL
- Zucchini 1

ZUBEREITUNG:

1. Schneide das Filet in Stücke.
2. Würze die Scampi mit Pfeffer und Salz.
3. Wasche und putze die Paprika, sowie die Zucchini.
4. Halbiere die Paprikaschote, entferne das Kerngehäuse und schneide sie in Stücke.
5. Steck alle Zutaten abwechseln auf Spieße.
6. Zieh den Knoblauch ab und press ihn.
7. Verrühre den Knoblauch mit der Sojasauce, dem Öl, den Kräutern und dem Pfeffer.
8. Pinsel die Spieße mit der Mischung ein.
9. Pinsel den Grill auf beiden Platten mit dem Öl ein.
10. Schalte den Grill ein und stell ihn auf das Programm für Fische.
11. Leg zwei Spieße in den Grill und schließ den Deckel.
12. Grill die Spieße für 8 Minuten und wiederhole den Vorgang, bis alle Spieße gegrillt sind.

GEGRILLTES LACHSSTEAK

Zeit: 25 Minuten
Portionen: 1

ZUTATEN:

- Butter, weich 15 g
- Knoblauch 1 Zehe
- Lachsfilet 200 g
- Petersilie 1 Bund
- Salz
- Schnittlauch 1 Bund
- Zitronensaft 1 Schuss

ZUBEREITUNG:

1. Wasch den Lachs und tupfe ihn trocken.
2. Reibe ihn mit dem Zitronensaft ein und würze ihn mit etwas Salz.
3. Verrühre in einer Schale die Butter mit dem gepressten Knoblauch und dem Salz.
4. Nimm die Backschale zur Hand.
5. Gib den Lachs hinein.
6. Bestreiche ihn mit der Buttermischung.
7. Wasch die Kräuter und hacke sie.
8. Streu sie über den Fisch.
9. Leg die Schale in den Grill.
10. Schalte den Grill ein und aktiviere das Programm für Fisch.
11. Grill den Fisch, bis das Licht orange aufleuchtet.

LACHS IN KNOBLAUCHÖL

Zeit: 20 Minuten
Portionen: 1

ZUTATEN:

- Basilikum ein wenig
- Knoblauch 1 Zehe
- Kräuter, frisch ein wenig
- Lachsfilet 200 g
- Olivenöl 1 EL
- Pfeffer ein wenig
- Salz ein wenig
- Thymian etwas
- Zitrone 1 Scheibe
- Zitronensaft 1 Schuss

ZUBEREITUNG:

1. Hacke den Knoblauch und die Kräuter. Verrühre beides mit dem Zitronensaft und etwas Öl.
2. Würze den Lachs mit Salz und Pfeffer und gib ihn in die Mischung.
3. Stell alles in einen Kühlschrank und lass den Fisch für 2 Stunden ziehen.
4. Schalte den Grill ein. Wähle das Programm für Fisch aus und beginne das Vorheizen.
5. Wenn der Grill piept, leg den Lachs auf die Platte und grill ihn für 10 Minuten.
6. Nimm den Grill herunter und gib ihn auf einen Teller.
7. Garniere ihn mit den Kräutern und der Zitronenscheibe.

GRILLSCHOLLE

Zeit: 30 Minuten
Portionen: 1

ZUTATEN:

- Brokkoli 50 g
- Karotten 1
- Olivenöl
- Pfeffer
- Salz
- Schinken 1 Scheibe
- Scholle, küchenfertig 150 g
- Zitronensaft 1 Schuss

ZUBEREITUNG:

1. Gib die Scholle in die Backschale und träufel den Zitronensaft darüber.
2. Würze sie mit Pfeffer und Salz.
3. Wasche den Brokkoli und teile ihn in Röschen.
4. Putze die Karotten.
5. Gib Öl, Pfeffer und Salz über das Gemüse.
6. Gib das Gemüse zum Fisch in die Schale.
7. Gib den Schinken darauf.
8. Gib die Schale in den Grill.
9. Aktiviere den Grill und stell ihn auf das Programm für Fische.
10. Schließ den Deckel und grill das Ganze für 10 Minuten.
11. Nimm die Schale heraus.
12. Schneide die Scholle ein wenig ein und träufel Zitronensaft hinein.
13. Wenn das Fleisch noch glasig ist, dann grill sie für weitere 5 Minuten. Wenn nicht, dann ist sie jetzt fertig.

GRILLDORADE

Zeit: 30 Minuten
Portionen: 1

ZUTATEN:

- Dorade , tiefgekühlt 160 g
- Limette 1 Scheibe
- Limettensaft 1 Schuss
- Olivenöl
- Pfeffer
- Rosmarin 1 Zweig
- Salz
- Thymian 1 Zweig

ZUBEREITUNG:

1. Tau den Fisch am Vorabend auf.
2. Spüle ihn mit kaltem Wasser ab.
3. Trockne ihn und würze ihn mit Pfeffer und Salz.
4. Schneide alle kleinen Flossen ab.
5. Steck den Rosmarin und Thymian in den Fisch.
6. Gib noch die Limettenscheibe hinein.
7. Nimm die Backschale und fette sie ein. Gib die Dorade hinein.
8. Setz die Schale in den Grill ein.
9. Schalte den Grill ein und aktiviere den manuellen Modus.
10. Schalte den Modus so ein, dass das Licht gelb aufleuchtet.
11. Gare den Fisch für 20 Minuten.

GEGRILLTER TINTENFISCH

Zeit: 40 Minuten
Portionen: 1

ZUTATEN:

- Blauschimmelkäse 1 TL
- Knoblauch 1 Zehe
- Paprikaschote, rot ½
- Petersilie, gehackt 1 EL
- Pfeffer ½ TL
- Tintenfischtuben 1 (125 g)
- Zucchini ½
- Zwiebeln ½

ZUBEREITUNG:

1. Wasche und putze die Paprikaschote und Zucchini.
2. Hacke beides und dazu auch noch die Zwiebel und den Knoblauch.
3. Vermische alles mit Käse und Pfeffer.
4. Püriere das ganze grob.
5. Wasch den Fisch kalt und tupfe ihn trocken.
6. Fülle die Tube mit der Gemüsemasse. Verschließe das Ganze mit Zahnstochern.
7. Schalte den Grill ein.
8. Stell ihn auf manuellen Modus und die Temperatur auf Rot.
9. Gib den Fisch in die Backschale und setze sie in den Grill ein.
10. Grill alles für 15 bis 20 Minuten. Überzeuge dich, dass alles gar ist, bevor du es herausnimmst.

KNOBLAUCHMAKRELE GEGRILLT

Zeit: 40 Minuten
Portionen: 1

ZUTATEN:

- Knoblauch 2 Zehen
- Makrele 200 g
- Olivenöl 2 EL
- Pfeffer
- Salz
- Zitronen 1
- Zitronensaft

ZUBEREITUNG:

1. Wasche und trockne die Makrele.
2. Schneide sie ein wenig ein.
3. Gib sie in die Backschale.
4. Hacke den Knoblauch und schneide die Zitrone in Scheiben.
5. Vermische das Öl mit dem Knoblauch, dem Olivenöl und dem Zitronensaft. Gib noch etwas Pfeffer und Salz dazu.
6. Gib die Zitronenscheiben in den Fisch.
7. Gieß die Marinade darüber.
8. Lass alles für 4 Stunden im Kühlschrank ziehen.
9. Nimm die Schale aus dem Kühlschrank und gieß die Marinade in eine Schale ab.
10. Gib die Schale in den Grill.
11. Schalte den Grill ein und aktiviere das Programm für Fische.
12. Grill die Makrele für 5 Minuten.
13. Gib etwas Marinade über den Fisch und wende ihn. Gib danach erneut Marinade darüber und grill ihn für weiter 5 Minuten.
14. Wiederhole das Ganze, bis der Fisch 20 Minuten lang gegrillt und dabei alle 5 Minuten gewendet und mariniert wurde.

REZEPTE RUND UM SANDWICHES

GEGRILLTES SANDWICH MIT FLEISCHKÄSE

Zeit: 15 Minuten
Portionen: 2 Sandwiches

ZUTATEN:

- Fleischkäse 2 Scheiben
- Remoulade 2 TL
- Salatgurke 1
- Toast 4 Scheiben
- Tomate 1

ZUBEREITUNG:

1. Schalte den Grill ein.
2. Aktivere das Programm für Würstchen.
3. Heize den Grill vor.
4. Leg den Fleischkäse auf die Platte.
5. Schließ den Deckel und beginne das Grillen.
6. Beende das Grillen, wenn das Licht orange oder rot aufleuchtet, das hängt von deinem Geschmack ab.
7. Wasch die Tomate und die Salatgurke.
8. Schneide beides in Scheiben.
9. Bestreich die Hälfte der Toasts mit Remoulade.
10. Leg auf jeden Toast mit Remoulade eine Scheibe Fleischkäse.
11. Gib darauf die Tomatenscheiben und die Gurke.
12. Gib die anderen Toastscheiben obendrauf.
13. Schalte den Grill wieder ein und stell ihn auf Sandwich.
14. Lass ihn sich aufheizen.
15. Leg die Sandwiches auf die Platte.
16. Schließ den Deckel.
17. Grill die Sandwiches, bis das Licht gelb für ein wenig Bräune oder Orange für mehr Bräune aufleuchtet.
18. Leg die Sandwiches auf einen Teller und schneide sie diagonal durch.

SANDWICH MIT KÄSE UND FLEISCHKÄSE

Zeit: 15 Minuten
Portionen: 2 Sandwiches

ZUTATEN:

- Fleischkäse 2 Scheiben
- Käse 2 Scheiben
- Salatgurken 1
- Senf 2 TL
- Toast 4 Scheiben

ZUBEREITUNG:

1. Schalte den Grill ein.
2. Wähl das Programm für Würstchen aus.
3. Heiz den Grill vor.
4. Leg den Fleischkäse auf die Platte und schließ den Deckel.
5. Grill die Scheiben, bis das Licht orange oder rot aufleuchtet, je nachdem, wie stark du es gegrillt haben möchtest.
6. Wasch derweil die Gurke und schneide sie in Scheiben.
7. Bestreiche die Hälfte der Toasts mit Senf.
8. Lege den Fleischkäse darauf.
9. Leg eine Scheibe Käse auf den Fleischkäse.
10. Gib die Salatgurkenscheiben darauf.
11. Leg die anderen Toastscheiben obendrauf.
12. Heize den Grill erneut auf, dieses Mal jedoch im Programm für Sandwiches.
13. Leg die Sandwiches auf den Grill und schließ den Deckel.
14. Grill die Sandwiches, bis das Licht gelb oder orange aufleuchtet.
15. Nimm die Sandwiches heraus und leg sie auf einen Teller.
16. Schneide sie diagonal durch.

SANDWICH BIG MAC

Zeit: 35 Minuten
Portionen: 2 Sandwiches

ZUTATEN:

Sandwiches:

- Eisbergsalat 4 Blätter
- Gewürzgurken 2
- Käse 2 Scheiben
- Pfeffer
- Rinderhack 250 g
- Salz
- Toast 6 Scheiben

Sauce:

- French Dressing 1 EL
- Joghurt 1 EL
- Ketchup 2 TL
- Senf 1 TL
- Zwiebel ½

ZUBEREITUNG:

1. Würze das Fleisch und forme daraus 4 Patties.
2. Schalte den Grill ein und wähle das Programm für Burger aus.
3. Leg die Patties auf die Platte und schließe den Deckel.
4. Grill das Fleisch, bis das Licht orange aufleuchtet.
5. Nimm die Patties heraus und stell sie zur Seite.
6. Säubere die untere Platte, zum Beispiel mit einer Bürste oder einem Tuch.
7. Hacke für die Sauce die Zwiebeln sehr fein und vermische sie mit den anderen Saucen-Zutaten.
8. Gib die Sauce auf alle Toasts.
9. Wasch den Salat und jeweils ein Blatt auf zwei Toasts.
10. Gib eine Scheibe Käse auf den Salat.
11. Gib ein Patty auf den Käse.
12. Gib die einen Toast auf das Patty.
13. Gib darauf noch ein Blatt von dem Salat.
14. Gib dann darauf die Gewürzgurkenscheiben.
15. Gib das zweite Patty dann darauf und am Ende folgt der dritte Toast mit der Sauce in Richtung Patty.
16. Schalte den Grill erneut ein und wähle das Programm für Sandwiches aus.
17. Heiz den Grill vor.
18. Leg die Sandwiches auf die Platte.
19. Schließ den Deckel und drück ihn ein wenig an.
20. Grill das Ganze, bis das Licht gelb aufleuchtet.
21. Wenn der Käse noch nicht angeschmolzen ist, dann grill die Sandwiches noch für einen Moment länger.
22. Gib die Sandwiches danach auf einen Teller.
23. Schneide sie diagonal durch.

QUARKBROT MIT SALAMI

Zeit: 5 Minuten
Portionen: 1

ZUTATEN:

- Butter
- Quarkbrot 2 Scheiben
- Salami 4 Scheiben

ZUBEREITUNG:

1. Schalte den Grill ein.
2. Wähle das Programm für Sandwiches.
3. Heize den Grill vor, indem du auf „OK" drückst.
4. Nimm das Brot und bestreiche es mit der Butter.
5. Wenn der Grill piept, leg eine Scheibe Brot so auf die Platte, dass die Butter nach oben zeigt.
6. Leg darauf die Salami.
7. Leg darauf die zweite Scheibe Brot und zwar so, dass die Seite mit der Butter nach unten zeigt.
8. Schließ den Deckel und grille das Ganze für 3 Minuten.
9. Nimm das Brot heraus und leg es auf einen Teller.
10. Schneide es einmal durch.

SANDWICH MIT BANANEN UND ERDNUSSBUTTER

Zeit: 5 Minuten
Portionen: 1

ZUTATEN:

- Banane 1
- Erdnussbutter 4 TL
- Toast 4 Scheiben

ZUBEREITUNG:

1. Schalte den Grill ein. Wähle das Programm für Sandwiches aus. Heiz den Grill auf.
2. Streiche die Erdnussbutter auf zwei der Toasts.
3. Schneide die Banane in Scheiben.
4. Lege die Scheiben auf den Toast mit der Erdnussbutter.
5. Leg die Toasts ohne Butter obendrauf.
6. Leg die Sandwiches auf die Platte.
7. Schließ den Deckel und drück ihn ein wenig an.
8. Grill die Sandwiches, bis das Licht orange oder rot aufleuchtet, je nachdem, wie knusprig du sie haben möchtest.
9. Gib die Sandwiches auf einen Teller.
10. Schneide sie diagonal durch.

GEGRILLTES SANDWICH MIT KÄSE

Zeit: 6 Minuten
Portionen: 1

ZUTATEN:

- Käse 2 Scheiben
- Salat
- Toast
- Senf
- 4 Scheiben
- Tomate 1

ZUBEREITUNG:

1. Schalte den Grill ein.
2. Wähle das Programm für Sandwiches aus und heize ihn vor.
3. Wasche den Salat und die Tomaten.
4. Schneide die Tomaten in Scheiben.
5. Gib den Senf auf zwei Scheiben Toast.
6. Gib den Salat auf den Senf und die Tomaten auf den Salat.
7. Leg eine Scheibe Käse auf den Salat.
8. Leg die anderen beiden Toasts obendrauf.
9. Leg die Sandwiches auf die Platte, sobald der Grill piept.
10. Schließ den Deckel.
11. Grill die Sandwiches für 4 Minuten.
12. Nimm sie heraus und gib sie auf einen Teller.
13. Schneide sie diagonal durch.

GRILLSANDWICH MIT HÄHNCHENBRUST

Zeit: 28 Minuten
Portionen: 1

ZUTATEN:

- Hähnchenbrust 400 g
- Pfeffer
- Remoulade 2 EL
- Salz
- Toast 4 Scheiben

ZUBEREITUNG:

1. Schalte den Grill ein.
2. Wähle das Programm für Geflügel aus.
3. Heize den Grill auf.
4. Wasch das Fleisch mit Wasser ab und tupfe es trocken.
5. Würze es von allen Seiten mit Pfeffer und Salz und massiere die Gewürze vorsichtig ein.
6. Leg das Fleisch auf die Platte und schließ den Deckel.
7. Grill das File, bis der gewünschte Zustand erreicht ist. Warte jedoch mindestens, bis das Licht orange zeigt.
8. Nimm das Fleisch heraus und reinige die Platte.
9. Bestreiche zwei Toasts mit der Remoulade.
10. Halbiere das Filet und lege es auf die Toasts.
11. Gib die anderen beiden Scheiben Toast obendrauf.
12. Schalte den Grill erneut ein und schalte ihn in den Modus für Sandwiches. Heize ihn wieder vor.
13. Leg die Sandwiches auf die Platte und grill sie, bis sie braun sind.
14. Nimm die Sandwiches heraus und leg sie auf einen Teller.
15. Schneide sie diagonal durch.

GEGRILLTES SANDWICH MIT ZUCCHINI

Zeit: 25 Minuten
Portionen: 1

ZUTATEN:

- Käse 2 Scheiben
- Senf etwas
- Toast 4 Scheiben
- Zucchini 1

ZUBEREITUNG:

1. Schalte den Grill ein.
2. Wähle den manuellen Modus aus.
3. Drücke die Taste so oft, bis das Licht rot aufleuchtet, also 250 Grad anzeigt.
4. Bestätige die Auswahl mit „OK".
5. Der Grill wärmt sich nun auf und piept, wenn er bereit ist.
6. Wasch die Zucchini. Entferne den Strunk. Schneide sie der Länge nach in Scheiben.
7. Leg die Scheiben auf die Platte.
8. Schließ den Deckel.
9. Grill die Zucchini für 8 Minuten.
10. Bestreiche die Toasts mit Senf.
11. Belege zwei davon mit Käse.
12. Gib die Zucchini auf den Käse.
13. Gib die anderen Toastscheiben obendrauf.
14. Schalte den Grill erneut ein.
15. Wähle das Programm für Sandwiches aus.
16. Wärme den Grill vor und warte auf den Piepton.
17. Gib die Sandwiches auf die Platte und schließ den Deckel.
18. Grille das Ganze, bis die Sandwiches die Bräune erreicht haben, die du möchtest.
19. Nimm die Sandwiches von der Platte und gib sie auf einen Teller.
20. Schneide sie diagonal durch.

SANDWICH MIT TOMATEN UND MOZZARELLA

Zeit: 15 Minuten
Portionen: 2 Sandwiches

ZUTATEN:

- Baguettes 2
- Basilikum 6 Blätter
- Frischkäse 2 TL
- Mozzarella 125 g
- Olivenöl 1 TL
- Oregano ½ TL
- Pfeffer
- Salz
- Tomaten 2

ZUBEREITUNG:

1. Vermische das Öl mit dem Frischkäse und dem Oregano. Gib noch ein wenig Pfeffer und Salz dazu.
2. Wasche die Tomaten und schneide sie in Scheiben.
3. Schneide auch den Mozzarella in Scheiben.
4. Wasche das Basilikum.
5. Schneide die Baguettes auf.
6. Gib den Aufstrich mit dem Frischkäse auf die obere Hälfte.
7. Leg auf die untere Hälfte abwechselnd die Tomaten und den Mozzarella.
8. Verteil die Blätter des Basilikums darüber.
9. Klapp die obere Hälfte des Baguettes wieder zu.
10. Schalte den Grill ein.
11. Wähle das Programm für Sandwiches aus.
12. Lass den Grill sich aufheizen.
13. Sobald er piept, legst du die Sandwiches auf die Platte und schließt du den Deckel.
14. Grill die Sandwiches, bis das Licht gelb aufleuchtet.
15. Gib die Baguettes auf einen Teller und lass sie für einen Moment abkühlen.
16. Schneide sie danach in der Mitte durch.

GEGRILLTES VOLLKORNSANDWICH MIT KÄSE

Zeit: 7 Minuten
Portionen: 2 Sandwiches

ZUTATEN:

- Käse 2 Scheiben
- Paprikaaufstrich
- Schnittlauch, frisch
- Vollkorntoast 4 Scheiben

ZUBEREITUNG:

1. Schalte den Grill ein und wähle das Programm für Sandwiches aus.
2. Drück auf „OK" und heize damit den Grill vor.
3. Bestreiche zwei der Toasts mit dem Aufstrich.
4. Gib den Schnittlauch darüber.
5. Leg den Käse darauf.
6. Gib die anderen Toastscheiben darüber.
7. Wenn der Grill piept, ist der aufgeheizt.
8. Gib die Sandwiches hinein.
9. Schließ den Deckel und grill sie für 8 Minuten.
10. Nimm die Sandwiches von der Platte und schneide sie diagonal durch.

SANDWICH MIT FETA UND TOMATEN

Zeit: 15 Minuten
Portionen: 1

ZUTATEN:

- Feta 80 g
- Frischkäse 2 TL
- Olivenöl 1 TL
- Petersilie ½ TL
- Pfeffer
- Rucola
- Salz
- Sandwichbaguettes 2
- Tomaten 1

ZUBEREITUNG:

1. Vermische das Öl mit dem Frischkäse und der Petersilie.
2. Würze das Ganze mit Pfeffer und Salz.
3. Wasche die Tomate und schneide sie in Stücke.
4. Schneide den Feta ebenfalls in Stücke.
5. Wasch den Rucola und schneide ihn klein.
6. Schneide die Baguettes auf.
7. Streich auf die obere Seite den Aufstrich mit dem Frischkäse.
8. Leg die Tomate und den Feta auf die untere Hälfte.
9. Verteil darüber den Rucola.
10. Klapp die oberen Hälften darüber.
11. Heiz den Grill im Programm für Sandwiches vor.
12. Leg die Sandwiches auf die Platte und schließ den Deckel.
13. Grill die Baguettes, bis das Licht gelb aufleuchtet.
14. Nimm die Baguettes heraus und leg sie auf einen Teller.
15. Schneide sie in der Mitte durch.
16. Rezepte für Waffeln

GEMÜSE WAFFELN MIT DIP

Zeit: 50 Minuten
Portionen: 10 Waffeln

ZUTATEN:

Für die Waffeln:

- Eier 3
- Kartoffeln, festkochend 250 g
- Käse, gerieben 250 g
- Knoblauch 2 Zehen
- Mehl 100 g
- Möhren 250 g
- Petersilie, frisch 10 g
- Pfeffer 1 TL
- Salz 1 TL
- Zucchini 250 g
- Zwiebeln 1

Für den Dip:

- Chilipulver
- Frischkäse 50 g
- Petersilie, frisch
- Pfeffer
- Quark 75 g
- Salz
- Schnittlauch, frisch
- Zitronensaft 1 Spritzer

ZUBEREITUNG:

1. Wasch das Gemüse. Schäle die Möhren und die Kartoffeln.
2. Gib die Möhren, die Kartoffeln, die Zucchini und die Zwiebel in den Mixer und mixe das Ganze ordentlich durch.
3. Schäle den Knoblauch und presse ihn.
4. Wasche die Petersilie und schneide sie.
5. Gib die Petersilie, den Käse, den Knoblauch, die Eier, das Mehl, den Pfeffer und das Salz zum Gemüse und vermische alles erneut.
6. Leg die Waffelplatten in den Grill ein.
7. Klapp den Metallständer aus.
8. Schalte den manuellen Modus ein, so dass er orange aufleuchtet. Press „OK", um das Aufheizen zu beginnen.
9. Sobald du den Piepton hörst, ist der Grill soweit.
10. Schöpf eine Kelle voll aus dem Teig. Füll damit die Waffelplatte und schließe sie.
11. Backe die Waffel für 10 Minuten.
12. Wiederhole das Ganze, bis der Teig aufgebraucht ist.
13. Wasche derweil die Petersilie und den Schnittlauch für den Dip.
14. Vermische alle Zutaten für den Dip in einer Schüssel.
15. Serviere die Waffeln und den Dip zusammen.

WAFFELN AUS BUTTERMILCH

Zeit: 8 Minuten
Portionen: 10 Waffeln

ZUTATEN:

- Backpulver 1 TL
- Butter, weich 100 g
- Buttermilch 200 g
- Dinkelmehl 250 g
- Eier 2
- Puderzucker etwas
- Salz 1 Prise
- Vanillezucker 1 Pck.
- Zucker 50 g

ZUBEREITUNG:

1. Gib den Zucker zusammen mit dem Vanillezucker, den Eiern und der Butter in den Mixer und rühre alles, bis es schaumig wird.
2. Vermische das Salz mit dem Backpulver und dem Mehl und siebe es danach.
3. Rühre die Mehlmischung im Wechsel mit der Buttermilch unter den Teig.
4. Leg die Waffelplatten in den Grill. Klapp den Ständer aus.
5. Schalte den Grill in den manuellen Modus, bis das Licht orange aufleuchtet.
6. Starte das Vorheizen mit der „OK"-Taste.
7. Sobald du den Piepton hörst, gibst du eine Schöpfkelle mit dem Teig für die Waffeln hinein.
8. Schließ das Ganze und backe die Waffel für 3 Minuten.
9. Wiederhole das Ganze, bis der Teig aufgebraucht ist.

16 VEGETARISCHE REZEPTE

CAMEMBERTCREME AUF CROISSANTS

Zeit: 35 Minuten
Portionen: 8 Croissants

ZUTATEN:

- Blätterteig 200 g
- Camembert 50 g
- Eigelb 1
- Frühlingszwiebel 1
- Pfeffer
- Salz
- Zitronensaft 2 EL
- Zucker 1 Prise

ZUBEREITUNG:

1. Schneide den Camembert in Stücke.
2. Wasche die Zwiebel und schneide sie in Ringe.
3. Nimm dir einen Mixer und gib den Zitronensaft, die Zwiebelringe und den Camembert hinein und püriere das Ganze.
4. Rühre den Zucker unter.
5. Schmecke das Ganze mit Pfeffer und Salz ab.
6. Roll den Blätterteig aus.
7. Schneide ihn in lange Dreiecke.
8. Roll die Dreiecke noch mehr aus.
9. Verteile die Masse mit dem Camembert auf die Dreiecke, bis sie fast die Spitze erreichen.
10. Roll die Dreiecke mit der kurzen Seite beginnend auf. Drück dabei die Füllung nicht heraus.
11. Pinsel die Croissants mit dem Eigelb ein.
12. Leg die Croissants in die Schale. Achte darauf, dass sie genügend Platz haben, denn sie werden aufgehen.
13. Setz die Schale in den Grill.
14. Schalte den manuellen Modus auf 220 Grad bzw. Orange und starte den Grill.
15. Backe die Croissants für 20 Minuten, bis sie schön braun sind.
16. Lass sie danach für ein paar Minuten abkühlen, bevor du sie servierst.

NUSS-ZUCCHINI-KUCHEN

Zeit: 50 Minuten
Portionen: 1

ZUTATEN:

- Backpulver 1 EL
- Butter, weich 60 g
- Eier 2
- Haselnüsse, gemahlen 100 g
- Mehl 150 g
- Puderzucker 2 EL
- Salz 1 Prise
- Vanillezucker 1 Pck
- Zucchini 200 g
- Zucker 80 g
- Zimt 1 TL

ZUBEREITUNG:

1. Wasch und raspel die Zucchini.
2. Gib den Vanillezucker, Zucker, die Eier und die Butter in einen Mixer und mixe alles durch.
3. Gib den Rest der Zutaten mit Ausnahme des Puderzuckers dazu und vermische alles zu einem zähen Teig.
4. Nimm dir die Backschale, fette sie ein und verteile den Teig darin.
5. Setz die Schale in den Grill ein und schalte ihn in den manuellen Modus.
6. Stell ihn auf 180 Grad, das ist Stufe gelb, und backe alles für 40 Minuten.
7. Lass den Kuchen danach etwas abkühlen und nimm ihn danach aus der Schale.
8. Lass ihn gut abkühlen und streue den Puderzucker darüber.

KARTOFFELN MIT KNOBLAUCHBUTTER

Zeit: 45 Minuten
Portionen: 1

ZUTATEN:

- Butter 50 g
- Kartoffeln, festkochend 800 g
- Knoblauch 3 Zehen
- Parmesan 5 g
- Petersilie ½ Bund
- Pfeffer 1 TL
- Salz 1 TL

ZUBEREITUNG:

1. Lass die Butter in einem Topf auf dem Herd bei niedriger Stufe schmelzen. Gib sie danach in eine Schüssel.
2. Press den Knoblauch aus, wasche die Petersilie und hacke deren Blätter klein.
3. Rühre die Petersilie und den Knoblauch unter die Butter.
4. Würze das Ganze mit Pfeffer und Salz.
5. Wasche und schäle die Kartoffeln.
6. Schneide sie in Scheiben.
7. Gib die Scheiben so in die Backschale, dass sie sich dabei überlappen.
8. Gib darüber die Knoblauchbutter und verteile diese gleichmäßig mit einem Pinsel.
9. Gib eine weitere Lage Kartoffeln darüber und dann darüber wieder etwas Knoblauchbutter. Mach so weiter, bis alle Kartoffeln aufgebraucht sind.
10. Reibe am Ende den Parmesan darüber.
11. Gib die Schale in den Grill
12. Stell ihn auf Orange, also 220 Grad, ein und backe alles direkt, also ohne den Grill zuerst vorzuheizen.
13. Backe das Ganze für 30 Minuten.
14. Gib noch etwas Salz und Pfeffer darüber und reibe noch etwas mehr Parmesan dazu.

LASAGNE AUS KARTOFFELN UND ZUCCHINI

Zeit: 1 Stunde und 15 Minuten
Portionen: 1

ZUTATEN:

- Crème fraîche 200 g
- Karotte 1
- Kartoffeln, festkochend 200 g
- Knoblauch 1 Zehe
- Olivenöl 3 EL
- Oregano 1 TL
- Parmesan 50 g
- Pfeffer
- Salz
- Sojahack 250 g
- Tomaten, aus der Dose 400 g
- Zucchini 150 g
- Zwiebel 1

ZUBEREITUNG:

1. Wasche die Karotte. Schäle sie und schneide die Enden ab.
2. Schäle den Knoblauch und die Zwiebel.
3. Schneide den Knoblauch, die Zwiebel und die Karotte in Stücke und gib alles in einen Mixer. Mixe es richtig klein.
4. Erhitze das Öl bei mittlerer Stufe in einem Topf.
5. Gib die Karotte, den Knoblauch du die Zwiebel hinein.
6. Dünste das Ganze ein wenig an und gib das Hack dazu. Brate es für einige Minuten mit.
7. Würze das Ganze mit Pfeffer und Salz.
8. Gib die Tomaten dazu und würze alles mit Oregano.
9. Lass das Ganze auf mittlerer Stufe für eine Viertelstunde köcheln.
10. Wasche und schäle die Kartoffeln und schneide sie in Scheiben.
11. Wasche die Zucchini und schneide sie in Scheiben.
12. Gib ein Drittel der vegetarischen Soße in die Backschale und belege sie nacheinander mit den Kartoffeln- sowie den Zucchinischeiben. Verteile die Crème fraîche darüber und wiederhole das Ganze zweimal.
13. Am Ende wird der Parmesan obendrauf gerieben.
14. Setz die Schale in den Grill und stell ihn im manuellen Modus auf Orange, also 220 Grad. Starte den Vorgang direkt. Du brauchst den Grill nicht erst vorzuheizen.
15. Backe die Lasagne für rund 35 Minuten.
16. Zerteile danach die Lasagne und nimm sie aus der Schale.

SCHWARZE-BOHNEN-BURGER

Zeit: 50 Minuten
Portionen: 4 Burger

ZUTATEN:

- Bohnen, schwarz und aus der Dose 300 g
- Burger Buns 4
- Ei 1
- Ketchup
- Kichererbsen, aus der Dose 100 g
- Kreuzkümmel 1 TL
- Mehl 2 EL
- Olivenöl
- Pfeffer
- Salat
- Salz
- Senf 1 TL
- Tomaten 2
- Zwiebeln 1

ZUBEREITUNG:

1. Gieß die Erbsen und Bohnen aus der Dose und spül sie ab.
2. Schäle die Zwiebeln und schneide sie.
3. Gib alles in einen Mixer und püriere das Ganze.
4. Gib den Senf sowie das Ei dazu und püriere das Ganze erneut.
5. Füge das Mehl, den Kümmel und etwas Pfeffer sowie Salz dazu und rühre alles kräftig um.
6. Fette die Backschale ein und stell den Grill auf manuellen Modus und Orange, also 220 Grad. Lass ihn vorheizen.
7. Forme 4 Patties aus der Masse. Nimm dir die Backschale und gib sie hinein. Sprüh etwas Öl darüber, setz die Schale in den Grill und klapp den Deckel zu.
8. Nach den ersten 5 Minuten wendest du die Patties und dann backst du sie noch einmal genauso lange.
9. Schalte den Grill aus.
10. Nimm die Schale heraus.
11. Nimm die untere Grillplatte und setze sie ein.
12. Schalte den Grill in das Programm für Burger und lass ihn sich aufheizen.
13. Sprüh die Platte mit Öl ein.
14. Gib die Patties darauf und sprüh sie noch einmal mit Öl ein.
15. Schließ den Deckel und beginn das Grillen.
16. Nimm die Patties heraus, wenn das Licht rot aufleuchtet.
17. Toaste die Buns für einen Moment an.
18. Gib auf die untere Hälfte den Salat und die Tomaten.
19. Gib ein Patty auf die Tomaten.
20. Bestreiche die obere Hälfte mit dem Ketchup und klapp den Burger zu.
21. Serviere das Ganze.

BANANEN-VOLLKORN-BROT MIT ZIMT UND QUARK

Zeit: 45 Minuten
Portionen: 1

ZUTATEN:

Für das Brot:

- Backpulver 1 TL
- Bananen, reif 2
- Eier 2
- Milch 80 ml
- Olivenöl
- Vanillezucker 1 Pck.
- Vollkornmehl 140 g

Für den Belag:

- Quark 5 EL
- Zimt 2 TL
- Zucker 2 TL

ZUBEREITUNG:

1. Schäle die Bananen. Zerdrücke sie mit der Gabel.
2. Gib das Ganze mit dem Vanillezucker, der Milch und den Eiern in einen Mixer und mixe das Ganze ordentlich durch.
3. Vermische das Backpulver mit dem Mehl und siebe es zu den restlichen Zutaten. Rühre es danach unter.
4. Nimm die Backschale und fette sie ein.
5. Gib den Teig hinein und verteile ihn gleichmäßig.
6. Schalte den Grill ein. Stell ihn auf manuellen Modus und Gelb, also 180 Grad und backe das Ganze für 30 Minuten, ohne zuerst den Grill vorzuheizen.
7. Nimm danach den Teig aus der Schale und lass ihn abkühlen. Schneide ihn danach in Schnitten.
8. Verrühre nun den Zimt mit dem Zucker und den Quark in einer Schüssel.
9. Verteile die Mischung über dem Brot.
10. Streu etwas mehr Zimt darüber und serviere das Ganze.

TOAST FRANCE

Zeit: 7 Minuten
Portionen: 1

ZUTATEN:

- Eier 4
- Milch 80 ml
- Puderzucker 1 TL
- Toast 4 Scheiben
- Zimt

ZUBEREITUNG:

1. Schalte den Grill ein, wähle das Programm für Sandwiches aus und lass ihn sich aufheizen.
2. Verrühre den Puderzucker mit der Milch und den Eiern in Teller der ruhig etwas tiefer ist.
3. Wenn der Grill piept, nimmst du zwei Scheiben von dem Toast und legst sie auf beiden Seiten in die Mischung.
4. Leg den Toast nun auf den Grill und streu noch ein wenig Zimt darüber.
5. Grill den Toast, bis das Licht orange aufleuchtet.
6. Wiederhole das Ganze für die anderen Toasts.

GEGRILLTE AUBERGINE

Zeit: 8 Minuten
Portionen: 1

ZUTATEN:

- Aubergine 1
- Pfeffer
- Salz

ZUBEREITUNG:

1. Schalte den Grill ein und stell ihn auf den manuellen Modus ein.
2. Lass ihn sich aufheizen, bis er Orange erreicht hat.
3. Wasch derweil die Aubergine.
4. Schneide sie in Scheiben, die ungefähr einen Zentimeter dick sind.
5. Leg die Scheiben auf den Grill sobald er piept.
6. Schließ den Deckel.
7. Grill die Scheiben für 5 Minuten.

GEGRILLTER CAMEMBERT

Zeit: 3 Minuten
Portionen: 1

ZUTATEN:

- Back-Camembert 2
- Preselbeeren 1 EL

ZUBEREITUNG:

1. Schalte den Grill ein.
2. Stell den manuellen Modus auf gelb ein und lass den Grill sich aufheizen.
3. Leg die beiden Camemberts auf die Platte, sobald der Grill heiß genug ist.
4. Schließ den Deckel und grill die beiden für 3 Minuten. Vorsicht: Grill den Camembert nicht länger als 3 Minuten, denn dann wird er weich und vom Deckel zerdrückt.
5. Nimm dir Preiselbeeren und garniere damit den Camembert.

GEGRILLTE BUNS

Zeit: 2 Minuten
Portionen: 1

ZUTATEN:

- Burger Buns 2

ZUBEREITUNG:

1. Schalte den Grill ein und wähle den Modus für Sandwiches.
2. Nimm die Buns aus der Verpackung und schneide sie auf.
3. Lege sie mit der Innenseite nach unten auf den Grill und schließe den Deckel.
4. Grill die Buns für 2 Minuten.

SALAT MIT GEGRILLTEN KARTOFFELN

Zeit: 40 Minuten
Portion: 1

ZUTATEN:

Für die Kartoffeln:

- Kartoffeln 500 g
- Olivenöl 2 EL
- Pfeffer
- Rosmarin ½ EL
- Salz

Für den Salat und das Dressing:

- Balsamico-Essig 2 EL
- Eichblattsalat ½ Kopf
- Frühlingszwiebeln
- Honig ½ EL
- Olivenöl 4 EL
- Pfeffer
- Salz
- Senf ½ EL
- Tomaten
- Zitronensaft ½ TL

ZUBEREITUNG:

1. Wasch die Kartoffel und koche sie in Salzwasser für 20 Minuten auf mittlerer Stufe. Lass sie nicht ganz gar werden, denn das geschieht später im Grill.
2. Leg die Kartoffeln in kaltes Wasser. Pelle sie nach dem Abkühlen.
3. Schneide die Kartoffeln in Scheiben.
4. Schalte den Grill ein und stell ihn auf manuellen Modus. Drück dabei den Knopf, bis das Licht orange aufleuchtet.
5. Starte das Aufheizen mit dem Drücken der „OK"-Taste.
6. Vermenge derweil das Olivenöl mit dem Rosmarin sowie dem Pfeffer und Salz.
7. Mariniere die Kartoffeln mit der Mischung.
8. Wenn der Grill piept, verteil die Kartoffeln auf der Platte. Sie sollten sich dabei nicht berühren.
9. Grill sie für 5 Minuten, bis sie genügend Bräune haben.
10. Wasche den Salat, schleudere ihn und gib ihn in eine Schüssel.
11. Wasch die Frühlingszwiebeln und die Tomate. Schneide beides klein und gib es zum Salat.
12. Gib die Zutaten, die für das Dressing bestimmt sind, in ein Glas, dass du verschließen kannst. Gib den Deckel darauf und schüttel das Ganze gut durch. Gib das Dressing danach über den Salat und vermenge das Ganze gut.
13. Nimm die Kartoffeln und gib sie auf einen Teller.
14. Gib den Salat dazu und serviere das Ganze.

KLASSISCHES GRILLBROT

Zeit: 50 Minuten
Portionen: 8 Grillbrote

ZUTATEN:

- Dinkelmehl 500 g
- Olivenöl 50 ml
- Salz 1 TL
- Trockenhefe 1 Pck.
- Wasser, lauwarm 280 ml

ZUBEREITUNG:

1. Gib die Hefe in das Wasser und warte, bis sie sich aufgelöst hat.
2. Rühre das Ganze kräftig um.
3. Gib das Gemisch in eine Schüssel und füge das Öl, das Salz und das Mehl hinzu.
4. Knete das Ganze für 5 Minuten.
5. Deck den Teig ab und lass ihn für 60 Minuten ziehen, bis sich sein Volumen verdoppelt hat.
6. Knete den Teig noch einmal durch und teile ihn in 8 Stücke ein.
7. Schalte den Grill ein. Aktiviere das Programm für Sandwiches und press „OK“, damit der Aufwärmprozess beginnt.
8. Roll derweil die einzelnen Stücke des Teigs zu Fladen aus.
9. Wenn der Grill piept, legst du die Brote auf die Platte.
10. Grill das Ganze, bis das Licht orange aufleuchtet.
11. Nimm die ersten Fladen heraus und starte das Programm erneut, damit der Grill heiß genug für den nächsten Durchgang ist.
12. Wiederhole das Ganze, bis alle Brote gebacken sind.

GRILLFALAFEL

Zeit: 15 Minuten
Portionen: 4 Falafel

ZUTATEN:

- Wasser 200 ml
- Falafel Fertigmischung 200 g

ZUBEREITUNG:

1. Rühre die Mischung so an, wie es auf der Verpackung erklärt wird.
2. Lass das Ganze etwas ziehen.
3. Schalte den Grill ein.
4. Aktiviere den manuellen Modus.
5. Sprüh etwas Öl auf die Platte, sobald der Grill piept.
6. Gib zwei EL der Mischung auf die Platte.
7. Sprüh etwas Öl darüber.
8. Schließ den Deckel und grill das Ganze für 3 Minuten.
9. Öffne danach den Deckel vorsichtig, denn es kann sein, dass der Falafel ein wenig daran klebt. Wenn das geschieht, dann kratze ihn mit einem Kochlöffel aus Holz ab.
10. Wiederhole das Ganze, bis der Teig komplett aufgebraucht wurde.

GEGRILLTES CROISSANT MIT KÄSE

Zeit: 5 Minuten
Portionen: 1

ZUTATEN:

- Croissants 2
- Käse 4 Scheiben

ZUBEREITUNG:

1. Schalte den Grill ein und aktiviere das Programm für die Sandwiches.
2. Gib dem Grill Zeit, sich aufzuheizen.
3. Schneide die Croissants auf.
4. Belege jedes davon mit 2 Käsescheiben.
5. Leg die Croissants auf die Grillplatte.
6. Schließ den Deckel.
7. Grill die Croissants für 4 Minuten.

GRILLBURGER MIT HALLOUMI

Zeit: 8 Minuten
Portionen: 2 Burger

ZUTATEN:

- Brötchen 2
- Burgersauce
- Halloumi 200 g
- Salat
- Tomate 1

ZUBEREITUNG:

1. Schalte den Grill ein.
2. Wähle den manuellen Modus.
3. Drücke die Taste, bis das Licht orange wird.
4. Bestätige die Auswahl mit „OK".
5. Gib dem Grill Zeit zum Aufwärmen.
6. Schneide den Käse in dicke Scheiben.
7. Leg die Scheiben auf den Grill und schließ den Deckel.
8. Grill das Ganze für 4 Minuten.
9. Wasche derweil die Tomaten und den Salat.
10. Schneide die Tomaten in Scheiben.
11. Schneide die Brötchen auf und bestreiche sie mit der Sauce.
12. Leg den Salat sowie die Tomaten auf die untere Hälfte.
13. Nimm den Halloumi vom Grill.
14. Leg zwei der dicken Scheiben auf jeweils ein Brötchen.
15. Klapp die obere Hälfte darüber.

GEGRILLTE CHAMPIGNONS

Zeit: 14 Minuten
Portionen: 1

ZUTATEN:

- Champignons 200 g
- Pfeffer
- Salz

ZUBEREITUNG:

1. Schalte den Grill ein und aktiviere den manuellen Modus.
2. Stell die rote Stufe ein und starte das Vorheizen.
3. Wasch derweil die Champignons. Schneide die Stiele ab.
4. Leg die Pilze auf den Grill sobald dieser piept.
5. Schließ den Deckel und starte den Vorgang.
6. Grill die Pilze für 12 Minuten.
7. Nimm sie heraus und würze sie mit Pfeffer und Salz.

HAFTUNGSAUSSCHLUSS

Dieses Buch enthält Meinungen und Ideen des Autors / der Autorin und hat die Absicht, Menschen hilfreiches und informatives Wissen zu vermitteln. Die enthaltenen Strategien passen möglicherweise nicht zu jedem Leser, und es gibt keine Garantie dafür, dass sie auch wirklich bei jedem funktionieren. Die Benutzung dieses Buchs und die Umsetzung der darin enthaltenden Informationen erfolgt ausdrücklich auf eigenes Risiko. Haftungsansprüche gegen den Autor für Schäden materieller oder ideeller Art, die durch die Nutzung oder Nichtnutzung der Informationen bzw. durch die Nutzung fehlerhafter und/oder unvollständiger Informationen verursacht wurden, sind ausdrücklich ausgeschlossen. Das Werk, inklusive aller Inhalte, gewährt keine Garantie oder Gewähr für Aktualität, Korrektheit, Vollständigkeit und Qualität der bereitgestellten Informationen. Druckfehler und Fehlinformationen können nicht vollständig ausgeschlossen werden.

Impressum: ZP Digital Mihail Kogalniceanu 66 of.3 MD-2009 Chişinău Moldova, zpdigital@yahoo.com

Printed in Germany
by Amazon Distribution
GmbH, Leipzig

22673854R00066